FOR ONE'S LIFE

IF EAGER, I ACCEPT ALL DELUSIONS.

BRUSHING OFF PAIN LIKE DUST,
WIPING OFF SADNESS LIKE TEARS,
ON THE SHADOW OF HATRED, STROLL WITHOUT
STEPPING.

REFUSE TO BE ENCHAINED,
REGRETS LEFT BEHIND,
DESTINY AVOIDED,
TIME GENTLY CONVERSE,
WITH UNASHAMED EVIL, I STAND BY.

MY SMALL PALM, LADLES WATER.
ENDING UNRIPE, FEUD LIFE.

IF FOR ONE'S LIFE, I ACCEPT ALL SINS.

私が懸命ならばすべての誤解を受け止めます

ほこりを払うように苦しみを払い
涙を拭うように悲しみを拭います
憎しみの影を踏まず歩いて行けたら・・・

拒絶した束縛も
置いてきた後悔も
避けていた運命でさえ
時に優しく語りかけるように
目を開かんばかりの悪意と共にここにいます

この小さな掌で一杯の水を汲みながら
未熟と葛藤の一生を終えるのでしょう

私が懸命ならばすべての罪を受け止めます

SHOW

Show your show!

Even if you wish to or not
The curtain will be raised

Stop speaking speciously behind someone's back
And try to show all the best you have

Stop sticking to the past trivial recollections
And try to show this existing you

How and why did I find my way to this place?
And where am I to disappear and fade away?
What do I want, what do I fear, and what do I learn?
What do I think, and what's existence?

Show your life!
Show your style!
Show your way!

Even if you wished or not
The curtain has been raised
And yet you're still hesitating
Just shut up

Show me!

生き様を提示しろ

望もうが望まざるが
幕は切り落とされる

何かの陰に隠れ口先だけで語らず
有らん限りを提示しろ

微細な過去の誇りと追憶に縋らず
今その瞬間を提示しろ

どのようにここまで来たのか
そして どこへ消え去るのか
何を欲し　恐れ　学び　思案し
遂には何が存在するのか

さあ　生を提示しろ
さあ　姿を提示しろ
さあ　道を提示しろ

望もうが望まざるが
幕は切り落とされた

まだ躊躇うのか…

さあ　示せ

象牙の塔

TOSHI-LOW

BRAHMAN

OVERGROUND ACOUSTIC UNDERGROUND

元々は６年前に刊行予定の本であった。実際、写真撮影も行われ、インタヴュー取材も行われた。その写真とインタヴューは、今回のこの単行本で使われている。TOSHI-LOWの写真がどこか若い印象があるのが、この期間の時間の流れを感じさせて、僕としては何かようやく刊行できたという感慨を覚える。無論、我々も作るつもりだったし、TOSHI-LOWも刊行するつもりだった。そういえば、帯を書いてくださった高橋源一郎さんにも６年前にお願いし、新木場スタジオコーストのライヴを観てもらった。今回、再度お願いしたら、また快く引き受けてくださりとても嬉しかった。つまり何もかもが刊行に向かって進んでいたのだが、なぜかその時にはこの本は刊行されなかった。その後も我々とTOSHI-LOWの間には、この本は必ず刊行されるという、基本的な了解があり、それはあえて口には出さなかったけれども、しっかりと共有されたものであった。だが刊行は延びていった。僕はいつかこの本は出るものだと信じていたが、それがいつになるのかははっきりとは分からなかった。

この本は詩集であり、当たり前だが言葉が主役である。英語ということもあって、BRAHMANの場合、あまり詞に関しては語られる機会は多くない。しかし紛れもなく、TOSHI-LOWは言葉型のアーティストであり、BRAHMANの世界を支えているのは歌詞なのだ。TOSHI-LOWがこの本を出そうと決意したのは、そのことをはっきりアーティスト側からのメッセージとして示したいという気持ちがあったからだと思う。BRAHMANというと、誰もがイメージするのはその激しいパフォーマンス、攻撃的なサウンド、メンバー全員が展開する肉体的なステージ、そうしたものだろう。実際そういうバンドでもある。しかし一番重要なのは、そういった肉体的なエネルギー、それが何によって生まれ、何のために使われているのかということだ。そのすべての基本になっているのが、言葉なのだ。だから我々は彼らのライヴを観ると、肉体的なカタルシスではなく、まったく別個の大きな物語を、その肉体の動きの中から感じ取ることになる。それは必然的なものだ。その必然を明らかにしたい、それが、この詩集をTOSHI-LOWが作ろうと決意した理由なはずだ。

それは、この詩集の中に収められている、言葉に関するインタヴューを読んでいただければ、TOSHI-LOWの言葉として、皆さんにもリアルに伝わっていくと思う。インタヴューのテーマが言葉というのはTOSHI-LOWから指定されたもので、この詩集を出すにあたってどうしてもそれについて話したいと、彼のほうから提案を受けて行ったインタヴューだった。そこで僕はTOSHI-LOWの口から、今書いてきたようなBRAHMANのアーティストとしての基本姿勢、言葉に関する考え方、そうしたものを伝えられることになった。

その順調にいっていた作業が止まった。止まったことについてTOSHI-LOWと話し合ったことはないが、きっと彼の中で、こうした言葉を詩集として発表することに、それは今ではないという思いが生じたのだと思う。それが何であるのか、彼から聞いたことはないが、きっと彼は、自分の言葉と改めて向き合う時間が必要だったのだと思う。

そして2011年3月11日、震災が起きた。そこからのTOSHI-LOWの救援活動、積極的な発言、それはステージの上でも、ステージ以外でも、大きく変わった。この本の読者なら、それについては今さらの説明は必要ないだろう。そしてTOSHI-LOWはこの詩集を刊行したいと僕たちに言ってきてくれた。まさに、彼にとってもBRAHMANにとっても、そして僕たちにとっても、今この詩集が必要とされている時期なのだ。今僕は不用意に「変わった」と書いてしまったが、本当は変わっていない。それはこの詩集が証明している。これまでTOSHI-LOWが書いてきた言葉、それを読んでもらえれば分かるように、TOSHI-LOWはまったくぶれていない。あえていうならば、人としてのTOSHI-LOWは迷い、悩み、変わっていったことはあるかもしれないが、作品は、言葉は、今のBRAHMANに向かって真っ直ぐに進んできている。

作品は表現者を超える。優れたアーティストに出会うたびに僕はそう思うが、TOSHI-LOWもそうしたアーティストだ。TOSHI-LOWの重く暗く、でも決して希望を失わない、力強い言葉たち。それは、3.11以降のこの日本の状況の中にあって、僕たちにリアルに響く。

渋谷陽一

ARTMAN

He longs for the lights of spring
Without knowing that glimmer
In the dazing light, floating on pleasure
Tyranny never ceases inside me
Just walking on, that's all
No progress
And when you look aside you would finally realize
It's an eye

Your eyes remind me of eyes of a dead fish
They're almost the same

Watch out, don't freak out
Time goes and burns out before you notice

A blind and active comrade must be more harm than good
Light reflected from blind eyes is not the true bright light
He knows the being of light only as a matter of fact
He wouldn't know it until he is dead

Go and Stop
Who could decide that I should stop?
And don't want for you to know yourself?

あの微かな気配も知らずに
彼は春の光を待ちわびている
幻想的な光の中で喜びに浮かれている
俺の暴虐性は鳴り止まない
歩いているだけだ　進展はなにもない
横に目を向けようやく気づく
確かにそれが目だってことに

お前の目は死んだ魚の目によく似ている

注意しろ　怯むな
おまえが気づく前に時間は過ぎ去り燃え尽きる

盲目的で意欲的な仲間は害意外のなにものでもない
おまえの瞳が反射する光はきっと本当の光ではない
きっとただの明かりとしか思ってないらしい
死ぬまでそれを感じることはないだろう

誰が止まるべきかの決断を下せるのか
自身を知るべきかの決断を

BEYOND THE MOUNTAIN

An instant, everyone saw the mountain
Instant moment, stop blinking
An instant, everyone saw the river
The river that runs between us
An instant, everyone saw the sea
Instant moment, stop blinking
An instant, everyone saw the sky
The sky that spreads out

Eternity, I just can't feel the winds
Eternal moment, quit thinking of it
Eternity, I just can't feel the sun
The sun could never be felt before
Eternity, I just can't feel the air
Eternal moment, quit thinking of it
Eternity, I just can't feel the dream
I wish I could feel it

Don't know what is waiting for me
Don't know what he wants from me
Everyhing just flows
Just like the way I use to know when I was young

その瞬間　人々は山を見た
一瞬　瞬きもなく
その瞬間　人々は河を見た
間に流れる河を
その瞬間　人々は海を見た
一瞬　瞬きもなく
その瞬間　人々は空を見た
大きく広がる空を

永遠に風を感じず
考えるな
永遠に太陽を感じず
感じていなかった
永遠に空気を感じず
考えるな
永遠に夢を感じず
感じたい

何が待っているのか
何を求められているのか
すべては流れる
子供の頃　全てを解っていたように

ROOTS OF TREE

In spite of waiting impatiently
It's getting dark
And the one I'm waiting for won't come
As the sun sets
I feel myself sunk in deep sorrow

I told myself not to feel so sad
But my face turned dark
When I think of after this
I feel dull pain through my temple
I feel like I've been shot through my temple

I don't want to say things like
"There is no help for it"or"goodbye"
There must be something I can do
But it sucks to be too insistent

It's time to raise my head up
To be fortunate or not
It's up to myself

I might say the word
"So long"or"goodbye"someday

辺りは暗くなり
待ち人は現れず
日は沈み
深い悲しみに沈むのを感じる

落ち込むなと言い聞かせる
明日を考え
顔が陰る
鈍い痛みが走る
こめかみを打ち抜かれたみたいだ

「仕方ない」
「さようなら」
どうにも受け入れられない
バカげた固執を避けながら
あと少しだけ出来ることを探す

そろそろ顔を上げるとき
幸運かどうかは
それは自分次第

いつの日か
別れの言葉を
言うだろう

T H E R E ' S   N O   S H O R T E R

Sorry for leaving you who could not keep up with those days
Things changing every minute, it must have been hard for you
Sorry for the trouble you made, which still stays the same today
No surprise at all, it was easy to be expected

Thank you, I'm looking at your back running away from me
My callowness shows up and he will start to feel the threat
Thank you, as I look at your mind that's extremely poor
Now I surely realize that I won't be like you

There's no shorter way in this life
There's only longer way in this life
There's no shorter way even if we tried another way

WAY IN THIS LIFE

ゴメンナサイ
刻々と変わっていく日々についていけぬあなたを
結局置いて行ってしまったようです
ゴメンナサイ
あなたの起こした大事件は予想通りのことで
何も変わらずもちろん驚くこともなかったです

アリガトウ
逃げ去るあなたの背中を見つめ
私の未熟さは勢いよく顔を出し凄んでみせます
アリガトウ
貧しいあなたの心を見つめ
そうはありたくない自分をしっかりと確認できます

人生に遠回りはあるが近道はない

どれほどさがしても…

ANSWER FOR…

日々、理由などなく綴る道を急ぎで帰る時
頭を下げ昨日と続く過ち抱く
かかる意識を受け「罪」と悶えるなか目を瞑る時
君行く道これと悟る『一人と永久に』

日々行く姿を伝えず
枯れ逝くその声聞こえず

返すすべなどなくただある心細く開けたる時
朝日を避け追い縋る粗相と泣く
苦しみ断たず全て「白」と化し抱き込む訳
対する理由　対する答え『孤　そして強く』

夢から覚めたと伝える
孤高と生きる声聞こえる

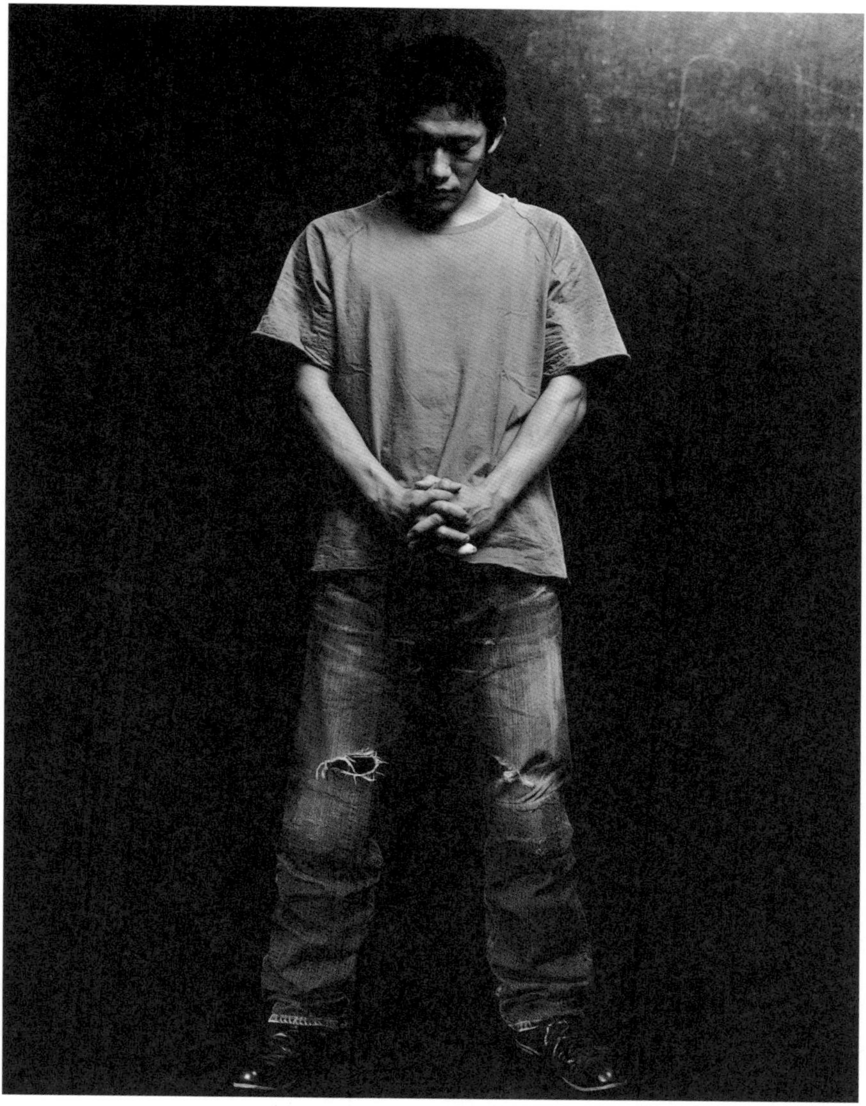

TONGFARR

Lying on the ground, you'll see the fact
At any time, it could be happening to you
You'll realize the sound truth brings
You'll need to know how much you feel it
They say psych, everything is psych
Too many people don't try to ask themselves again and again

If they are useful or not ask somebody else
To be useless or not you should bite your mind

Lying on the ground, you'll find a way
Even though you may have to fall apart
Nobody will care for you
Have you ever told this? Don't you resist it
They say "YES", everyone says "YES"
Too many people don't try to ask themselves again and again

What exsists there?
You have to make it clear with your own weapon
Before it disappears...

Open up your door
The door that you have never opened before
Before it gets useless

大地に寝そべれば真実は見えるだろう
それはいつでもあなたに起こりうること
真実が運ぶ響きを実感しているはず
どれ程理解しているかをよく知るべきだろう
嘯く　全ては嘯く
人々は自分自身に問いようとはしない

使えるかどうかは他の誰かに聞いてくれ
無用かどうかは心を強く噛み締めろ

大地に寝そべれば道が見つかるだろう
あなたがダメになっていくことも
誰一人として気にも留めない
誰かに話したことはあるのか
それとも拒んでいるのか
自分自身を疑わない人がたくさんいる

そこに何が存在する
自分自身という武器で明らかにしなければならない
消えてしまう前に・・・

扉を開け
開いたことのない扉を
君自身という扉を
錆び付いてしまう前に・・・

SEE OFF

Going to write down the sun with your dried up cheek
You who gone far away from me
To the voice that had been left there
And going to the end

Without a clue of what happened to you who wail
I don't give a shit and I'll see your back

“I tried my best”, the worst thing in life
Human existence surpass dignity...What the fuck

The eyes with no sight-there is no naked truth
The ears with no sound-buzzing is all you can hear

その乾いた頬で日を綴る　遥か遠のき君よ
持て余す声よ　最後にそこへ

公然と泣く身に何があったのか知る由もなく
偶然と忌み　背中を送る

最善を尽くしたと後世に伝える最悪の時
人間の存在が尊厳を超える最低の時

瞳のない目に映る異形が君を
穴のない耳に響く空耳が君を

時の鐘

まだ見ぬことと答えた
返事に混じる寂声に
光の言葉を一筋
待ち望んでた

去りゆくことと取り組み
察する手足止めたまま
歯痒い頭を抱えた
生きた空もない

寂れた声をかき消す
風は我を吹き抜ける

悲しみ嘆き打ち鳴らす
時の鐘は鳴り響き

やがて時は流れ行き
愚生の気は遠くなる

B A S I S

沈む時と焦り無く漂う
交わす問いの行き先を答えず
気付き迫る忠告として尚
悖る道と哀しくも微笑む

其処に立つ
歪みとなる意義の
忘れぬその慰みの姿
今も捜す　何処でも

焦る果ての波風の無きもの
月日耐える枯れ身には届かぬ
やがて下がる面上げて
激つ想い　行きたくて止まらず

其処に無い
明日の姿捜す
途切れぬこの
朽ち果てるために生きる印
此処でも・・・

LAST WAR

逃れられぬ悲しみに
掛かる気を寄せて
糧と濡れる果敢なさの
裂ける義を立てて

行き場のない心断つ
追い過ぎる時の
数えきれぬ喜びを
空しさに捧ぐ

日々を賭ける
願い超えて

契り消え行く時の中に
果たす約束遠くへと呼ばれて
清濁と解っていても・・・
真贋と叫んでみても ・・・

DEEP

EVERYTHING BE DELIGHT AT THE PLACE OF LIMIT.
THE BRAVE BACKWARD MOVEMENT.

EVERYTHING BE TURNS UP AT THE PLACE OF LIMIT.
TEARS WILL BE THE FORCE.

AT THE DEEPEST POINT, DEPTH OF ANYTHING,
YOU MIGHT FIND HOPE INSTEAD OF DESPAIR.
CAUSE YOU HAVE NOTHING TO LOSE.
THAT'S THE MOST YOUR STRONG POINT.

NOTHING BE TOO BAD AT THE PLACE OF LIMIT.
MAKING BACKWARD MOMENT.

NOTHING BE FALLING DOWN AT THE PLACE OF LIMIT.
THERE IS NO FURTHERE ANY MORE.

AT BASE OF A PURE STREAM,
YOU'LL FACE UP TO THE GREAT EXERTION.
CAUSE YOU HAVE NOTHING TO LOSE.
THAT'S YOUR ABILITY. RIGHT FOR.
THAT'S THE MOST YOUR STRONG POINT.

際限で立つ思考
勇ある後進

極限で咲く行動
涙が力となる

最深の底辺で
絶望ではなく希望を見る
後なき者の強み

善なる際限
そのための後進

傾きなき極限
さらなる後なき

流れの根源で
壮絶なる努力を知る
後なき君の強み

涙よ力となれ

ARRIVAL TIME

言葉に詰まる　削ぎれた背を見てた
数えの身の辺ともろく支える

白く重ねる　徒つく君もそう
その手その足　端なくも揃える

瞬くままに　凍えるもののすべ
生まれのその負　また負と身悶える

遠く離れてく　驕ついた彼もそう
その身その肩の重みなど忘れて

言葉を探す　抱えた物惜しみ
見立てる時をただ先と待ち焦ぐ

嘯くままに　揺らめく有無の上
塗れる事の含みなど覚えず

白く重ねてく　徒ついた君もそう
その手その足の端なくも揃える

何に変える痛みを
連れ去る惑いよ
区切れぬ思いと
呼号する我もそう

THE VOID

Sinking my body into the graveness of this gloomy season
Ending incomplete with indications calm

Sinking my body into the history that's carved behind me
Implicitly promising an existence of stagnation

Walking to, walking away
Slow and stifling pace
Destined to vanishing away

Sinking my body into the defects that always lie inside me
Watching a world that's skeptic about birth and death

A forgotten sequence of landscapes and escape
Silence and escape
craving and escape

Just stand up
Exposed to acute trouble
Standing up from nothingness

暗い季節の沈痛さに身を沈め
気配を静かに未完成で終わる

背後に刻印された歴史に身を沈め
混濁に沈滞する存在を黙約する

歩み寄る　立ち去る
息苦しく重い足取りで
余儀なく消えていく

常に抱いた欠陥に身を沈め
誕生と死を懐疑した世界を覗く

忘れられた風景の連続と遁走
沈黙と遁走
渇望と遁走

立ち上がるしかない
痛切と苦渋にさらされて
立ち上がるしかない
虚無から
空無から

A WHITE DEEP MORNING

First of all

そう確かにかすめた事を辿って
夜明けまだ知らずにここを出て行く
悔やみ解けず
掴んでは離した期待も何もなく
迷い映す姿　陽はまだ遠く

願い抱えては沈み浮かんでは消える…

次を待つ何を望む
怯えた手を添えて

そう誰かに話した事も忘れて
夜明けまだ震えるその手を伸ばし
怒り　惜しむ
変わらずと並べた肩すら目を閉ざし
明日を叫ぶ思い儚く続く

一人唱えては響き眺めては揺れる…

朽ちかけた夜は終わる
打ち明ける事も無く

零れては落ちた君だけが過ぎて…

答え脆く寄せ集める
罪　途絶える事は無く

After all

明けて深く白い空を叩いて
光　闇　赦しの旅を告げて…

FAR FROM...

浅い夢の中
過去の声を聞いて
変わらぬ明日と
目伏せ偽り眠る

届いた知らせに
宛てる声も無くて
歪んだ望みに
重い扉開けて

過ぎ去る風に吹かれ
許した理由を捜す
壊れた問い投げつけ
貫く意志も追われ
伝えて 悲しい始末に目を覚ます

伝えて 騒いだ風よ すぐに消える

剥がれた昨日　嘘
羞悪絶えぬ思い
窓に映る姿見つめた
汚れた顔を見つめた

突き裂く雨に打たれ
少しは気も和らぐ
冷たく暗く辛く
無力な我を濡らせ
教えて 何処行く途切れた喜びを
教えて 激しい通りすがりの雨

(a piece of) BLUE MOON

I stopped in the middle of a slope
A slope that seems like eternity
Depressing sky, a freezing sky
Winter is here again with anxiety

Trembling stops gently at the time
The time when a cold and subtle breeze blew
Drifting about, meditation
Keeping count of contradictions

I can't shine on you like sun, no more
Like that dim blue light that was shining on me
I would rather shine on you like moon

無限に続く傾斜の中でふと歩みを止めた
重い空　凍て空
何かの胸騒ぎと冬がまた来る

微風が吹いたその時そっと震えが止まる
漂流　黙想
息を凝らして矛盾を数えた

もう太陽のように照らせない
太陽のように照らせないなら
そう 月のように照らせばいい
あの時そっと私を照らした
青い月のように照らせばいい

S p e c u l a t i o n

You just need to give up of your pride

You've hid the signs of weakness and a lie
Is that the best you've got?
Don't want poses and whining no more
Forgotten mind always makes cloudy eyes

Life is flooded with hardships and pains
And that's the best you know
At times you bite your lips and may have to leave
Just have to accept the fact as it is

Take back your mind!
Take back your eyes!
Take back your ears!

Sometimes even you are not on your side
You just need to give up of your pride

誇りを捨てて

弱さの兆しと嘘を隠した
それができる精一杯か
綺麗事や愚痴はもう必要ない
忘れ果てた心は目を曇らせる

人生は苦難に溢れている
それだけが知れる限りだ
時に唇を噛み立ち去らねばならない
ありのままを受け入れるしかない

心を取り戻せ
目を取り戻せ
耳を取り戻せ

時として自分すら自身の味方ではない

心眼を取り戻せ

Causation

Till now I've been alone inside this crowd
Without talking to anyone
Suffering from this escape
Was it all planned from the start?

Loneliness that withered deep in causation and sorrow
Final agony is the burnt out heartbeat

Till now I was alone, feeling depressed
Without letting anyone know
Surviving by faking it
Will it be forgiven in time?

Light and darkness resonate, that were thrown away as
causation
Cleaving and laughing without an end

Once again, these promises I made
Breaking again the promises I made

Over and over again in this place
You turned your back before I turned away

I saw your back, trembling in grief
I saw a shadow dying behind

ご購入ありがとうございます。
今後の出版の参考に致しますので、下記のアンケートへのご協力をお願い致します。
なお、お答えいただいたデータは編集資料以外には使用致しません。

■本書購入日（　　　　年　　　月　　　日）

■本書購入書店名（市町村名　　　　　　　　　　　　書店名　　　　　　　　）

■本書をお求めになった動機は？　（複数回答可）
□BRAHMAN、OVERGROUND ACOUSTIC UNDERGROUND に興味があるから、ファンだから
□著名人の単行本に興味があったから
□装丁が良かったから
□書店で実物を見て
□小社のホームページを見て
□小社の自社広告を見て：雑誌名（　　　　　　　　　　　　）
□書評・記事などを見て：媒体名（　　　　　　　　　　　　）
□知人の勧めで
□その他（　　　　　　　　　　　　）

■小社刊行の書籍・雑誌をご存知ですか？
□知らない
□知っているが、購入したことはない
□購入したことがある：書籍・雑誌名（　　　　　　　　　　　　）
□毎号購入している：雑誌名（　　　　　　　　　　　　）

■あなたのよく読む雑誌は何ですか？

■最近読んで面白かった本は？

■あなたが今最も興味ある人物／事柄は？

■今後どのような作品・企画が読みたいですか？

ご協力ありがとうございました。なお、抽選で10名の方に2000円分の図書カードをプレゼントいたします。当選は発送をもってかえさせていただきます。

お手数ですが
50円切手を
お貼りください

post card
150-8569

東京都渋谷区桜丘町20-1
渋谷インフォスタワー19F
(株)ロッキング・オン
『象牙の塔——TOSHI-LOW 詩集』愛読者カード係 行

氏名		男 女
住所 〒	職業	年齢

あなたのご意見を小社の出版広告やホームページ等に
□掲載してもよい
□掲載しないでほしい
□匿名なら掲載してもよい

■本書についてのご意見、ご感想をお聞かせください

rockin'on

あれから誰とも話さずに
たった一人で喧騒を過ごした
逃げるのに疲れ果てたことも
刻まれていたことだったのか

因果と悲しみに深く枯れた孤独
最後の苦しみは生き果てた鼓動

あれから誰にも知らせずに
たった一人で憂鬱を過ごした
辻褄を合わせ生き残ったことも
いずれは許されることなのか?

因果と投げ捨てた光と闇響く
際限なく際限なく切り裂いて笑う

何度も約束して
何度も約束を破いて

何度も 何度もここにいて

君は僕より先に振り向いた

哀しく揺れる背中を見た
後ろに消えゆく影を見た

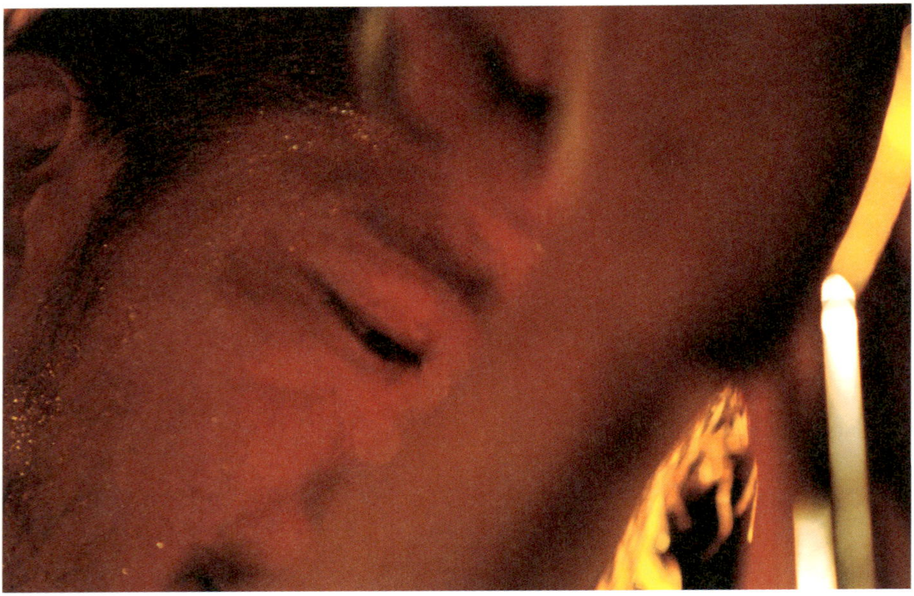

逆光

浮かぶ訪れに　乾いた影を照らす
囁いたらすぐに　壊れる物と知って

捨てた幻想と　穏やかな苦しみは
抱き続けた問いに　煩く異議を立てて

霞む気配　流された言葉に
静かに声軋む　沈黙は続くだけ

回る想い　訪ねては　叛いて暮らす
空に溶ける闇の赤　寄らずに消える

焦る現実は　忘却を待ちながら
揺れ始めた空と　ありのままの世界

前提　抵抗　すでに
再生　終章　向かう
還した術示す　行き過ぎた約束に

明日へ飛ばす　夢の跡　崩れて落ちる
叛く果ての闇の色　息吹を消して

逆光
最後に　何かを照らす
辿り着いた赤　ただ燃やして消えた

Fibs in the hand

ただ目の前で
疼き鳴く溢れた傷も
そのまま片手に去ればいい

落ちて行く道の果て
透き通る険しさに
ひどく疲れた手を取って
帰らぬ声を求めては

ただ手を合わせ泣き沈む
残した日々よ
震えた両手に掴まって

離れては受け止めた
信じては疑った
走り続けた足を止め
振りほどいてよ　届くまで

陰る明日を拾い捨てる
追いかけて待ち侘びて

Kamuy-pirma

sirekurok siran kor
mokor-eaykap no
ku=ikokanu, sirkunne wa arpa humi

nep ka ku=nu humi ne
kusu ku=mos wa k=an
hunak un arpa hawe an? yupke rera

ponno sirpeker kor
ku=kewtumupirka
ratcitara apto num rap siri ne

kunneywa an kor
ku=mokor oasi
ney ta ka e=sirepa wa e=an nankora?

"suy ney ta ka" sekor ku=ye
tane pirka, k=eraman na

"saranpaki=an na" sekor e=ye
tane pirka, k=eraman na

深い闇が届く頃
眠れぬ耳を傾ける
夜はコツコツ更けていく

気配を感じ起きている
辿り着く先は何処なのか
風はビュウビュウ吹きさらし

深い闇が明ける頃
静かに悔いも消えていく
雨はしとしと落ちていく

気配を感じ眠りゆく
そろそろ辿り着いたのか
朝はゆるりと舞い降りる

「またいつか」と私は言った
「さようなら」とあなたは言った
それでいい　理解している

「またいつか」と僕は言った
「さようなら」と君は言い直した
わかっているよ　これでいい

インタヴュー ①

「言葉」を語る

——TOSHI-LOWくんは基本的に音楽の表現者なんだけど、徐々に自分は言葉の表現者でもあるんだという自覚が強くなっているのではと僕は感じているんですが。

「もともと、15歳のときにオリジナルを作って。一番初めに書いた詞は日本語だったし、そこからずっと日本語の詞を書いていたんです。だから、最近言葉が強くなったというよりは、もともと言葉の方が強くて、そこに音楽が乗ってきた気がするんですよ。もちろん、音楽がやりたかったっていうのはあるんですけど、それ以前に言葉自体が好きだったっていう気はしますね」

——ただ、いわゆる文学少年ではなかったんですよね？

「それはないですね。小説は未だに読まないですし。1行抜いただけで完結するような言葉とか。思想家の一言とか、そういうのが好きでしたね」

——今振り返って、少年時代に最初に引っかかった言葉っていうのはどういうものだったんですか。

「……中学校の時に、確かゲーテの言葉だったと思うんですけど。『登りなされ、下りなされ。どちらも同じことじゃよ』という意味合いの言葉にすごい引っかかったことがあって」

——中学生でそれに引っかかるってかなりの感性だよね。

「当時、僕も意味はよくわかってなかったんですけど、その時単純に、『ああ、登っても下っても同じなのか、人生は』っていうのをうっすらと感じましたね」

——つまり、1フレーズに敏感に反応する資質だったんだね。

「そうですね。フレーズですね。フレーズと響きと、もちろん意味なんでしょうけど。でもそう言われてみれば、僕の好きな詩を読み返したりすると大体、歯切れがいいというか、リズムがいいというか。そういうのにまとまってくる気がしますね」

——当時はそういうものに自分は惹かれているんだなっていう自覚はあった？

「たくさんは思い出せないんですけど、頭の中にスクラップ・ブックのようなものがあった気がしますよね。引っかかってくる言葉に線を引いてなんとなく覚えてるという。ただ、当時からわかりやすい言葉は拒絶してました。たとえば誰にでもわかりやすい愛の歌を極端に嫌がってた傾向はありましたね」
——それはどうして？
「つまらなかったんですよ。自分でもわかってることをもう１回言われると。たとえば愛が大事って、そんなこと誰でもわかってるし、優しいことが大事ってそんなこともわかってるよって。もっと違うことを教えてくれよって感じていたことが、他の詩に対する思いの強さになったというか。誰にでもわかることは、別に俺に教えてくれなくていいやって。もっと人間の裏側が知りたかったんだと思うんです」
——つまり誰かが好きで、その子と一緒にいると幸せだなということよりも、もっと違うものに引っかかっていたわけだよね。
「そうですね。そういうのに反吐が出ると思ってましたね(笑)」
——「そんなことにおまえら、構ってる時じゃねえだろ！」みたいな。
「だから愛とか平和が、気持ち悪かったんですよ。今でもそれはちょっと後遺症として残っているんですけど」
——つまり、その時にもっと引っかかるものがあったわけで。それは一体何だろうか。
「……もっと漠然とした大きな闇を自分で感じていたとは思うんです。将来に対する、生きていくことに対する。そういうことがみんなが好くような詞には書いてなかったんですね。だから自分が好きな詩をひもといていくと、闇が見えるものが多いですね。僕が思う本当のことが普通に流れてる詞にはなかった」
——じゃあ、より突っ込んでいくとその漠然とした不安や闇っていうものはTOSHI-LOWくんにとっては何であったのか。
「つまりそれが、生きていくことの意味だと思っているんですよね。果たして生きていくことに意味があるのかという不安というか。たとえば頑張れば夢は叶うとか、普通に言われてることが果たして、頑張ってどうにかなることなのか、果たして生きていれば満足するのかっていうことですよね」
——要するに、自分がここに存在していることに意味があるのかっていうこと？
「そうですね」
——以前、小学生の時に宇宙の無限大と

いう概念を知った時に吐いてしまったというエピソードを話してくれたけど、まさにあれはサルトルの『嘔吐』と同じなわけで。普通、そうやって存在そのものの不条理さに嘔吐するというヴィヴィッドな感性は持ち得ないよね。
「でも、幼い頃にみんなが楽しかったことっていうのは、僕も楽しかったんですよ。ただ、ずっと浮いた感じがしていて。たとえばサッカーやって終わっても、明日死ぬんじゃねえかって思うと、誰かと完全に孤立するんじゃなくて、フワッと浮いた感じでいたような気がしましたね。特に小学校の頃は、まだ明確な意志がないじゃないですか。だから、なんで俺はこうフワッと浮いているんだろうなってずっと思ってました」
――だからたとえば父親から虐待を受け、母親に捨てられ傷ついたというトラウマの物語はTOSHI-LOWくんの場合はないわけだよね。
「ないですね」
――で、TOSHI-LOWくんは何に傷ついているかっていうと、生きてることに傷ついてるわけだよね。それはかなり困ったことだよね(笑)。
「困ったことですね(笑)」
――自分ではどう思ってたの？　俺は変な奴みたいな。
「いや、それでいいんだと思ってました。何か、どこかで自分を客観視するビジョンがあったんで。自分で自分の物語を作れたというか。たとえばひとりで遊んで寂しくても、そのひとりで遊んで寂しい絵をシューティングしてるような感覚があったから。どこか勝手に自分で自分のドキュメンタリーを作ってるような感覚が小さい時からあったんですよ。自意識が異常に高かった気がします」
――だからある意味、TOSHI-LOWくんはそうやって小学校の時から作品を作っていたわけだよ。ただ、なぜ自分が生きているのかという基本的な疑問に対する解答が用意されていないと。そしてその解答は人類が発祥して今まで、ないわけだよね。
「そう、ないじゃないですか。ないのに、みんな『ある！』って言ってるわけじゃないですか。で、あるって言われてるのが『愛だよ』なんて言われちゃうと、『えー』ってがっかりして。じゃあ俺は、一生わかんねえやって余計、外れていくという」
――そういうあまりにも哲学的な違和感や自分が自分であることの違和感は、それこそ小学校低学年頃からあったの？
「いや、明確にはなかったですよ。ただ僕、大人の愚痴話が大好きだったんですよ。昔、親父の友達が集まって飲んだりしてる時に、たぶん子供はわかんないと思って、大人って勝手に話をするじゃないですか。いろんな人の悪口言ったり、生活の大変さを話したり。それを聞くのが大好きで」
――(笑) 変わった子供だなあ。何が面白かったの？
「大人ってこんなキツいんだなあって、ずっと思ってて。でもその裏こそがほんとの人間っぽさだなと思ってて。このおじさん、こんなに優しく見えるのにこんなこと言ってるわぁとか。そういう二面性を人間はたくさん持ってるんだなっていうのは、当時からずっと思ってましたね」
――てことは、そこにリアルがあったわけだよね。
「そうですね。人ってこんなもんだなって(笑)、やっぱり思うんですよね。いわれてるほど素晴らしくないなあと思って。優れた神様みたいな人なんじゃないんだなあって。でもその人間の人間らしさというか、貧しさというかみすぼらしさというか。そういった部分を感じて、安心してた気がします」
――で、そういう哲学的な命題がだんだんTOSHI-LOWくんの中で生きていくテーマへと変わっていくわけだよね。その命題と向き合っていく時の手助けとして、言葉が登場してくるわけ？
「一度は言葉が好きであったということはすべて忘れたんです。でも、バンド始めてからですね、また言葉が出てきたのは。それまで自分が好きだったことが、バンドにあてはまるようになったんですよ。それまではもっと別個だと思ってたんですけど。で、高校を卒業して東京に出てきて、BRAHMANが始まった頃には自分が好きだった詞の形と歌う形がなんとなく相反したものじゃなくなったというか」
――その一方で、自分自身が生きていくことへの不安感は、その時も拡大する一途だったわけ？
「いや、その時点では何もわかってなかったんで。最近じゃないですか、自分の中でまとまってこうやって話せるのは。その時は、単純にもっと生き急げればいいって思ってたんで」
――その生き急げるっていうのは具体的に言うと？
「いやほんとに、太く短く死ねばいいやと思ってました。言葉云々じゃなくてですね。だからラリっていろんなことしてたし。でも、ブロン何本飲んでぶっ飛んでも虚しかったですね。周りにはそこで満足していく奴もいて。同じような焦燥感を持った奴が集まって、バンドを始めたのに、その快楽主義に直面した時に『あれ？　これでもねぇんだ』って思って、すごくガッカリしたんですよね。太く短くロック的に生きても、何にもないんだなって」
――つまり、TOSHI-LOWくんにとってはその「死」こそが重要なテーマなんだけれども、普通僕らはその「死」をあまり自覚しないんだよね。だからそこで「愛がさあ」とか言われると、きみは「バカ言ってんじゃねぇよ、おまえは」ってなるという。

「そう。だから、僕も人の葬式に立ち会う経験がこれまで何回かあって。自分の友達とか先輩とか。で、その葬式の瞬間だけはみんな、『何で死んだんだよ!?』ってなるわけですよね。ただ、そこで、俺はすごく引くんですよ。何でじゃねえじゃんって。『明日は自分だし、これを予期してなかった？』って。『信じられない』って言えることが俺には信じられなくて。『みんな死ぬじゃん！』ってすごく引きましたね」

——だから、一貫してTOSHI-LOWくんの最大のテーマは「死」なんだよね。だからたとえばブロンを飲んだりっていうのは、自ら死に向かって走ってしまえという強い衝動だよね。

「そうですね。またそういうふうに思わせた仲間がいたんで、余計とそれでいいっていう」

——死と向き合う最悪の真逆なアプローチなんだけども、魅力的ではあるよね。

「一瞬はそうですね。ただ、ほんとに真逆になってくなあって。太く、深く生きなきゃいけないはずなんだけど、それだと深くはならないんですよね。表面ばっかりでフワフワ終わってしまうというか。これじゃないな、自分が見たいものはって。こういうラリった風景じゃない、もっとほんとのことが見たいなって思った瞬間ではありましたね」

——だけど、そうやって死にすり寄ってみたけれども、やっぱり違うという判断ができているのは健全だし、すぐにそれはわかったでしょ？

「そうですね。1、2年ぐらいでわかりましたね。なんの生産性も意味もないなという気がしましたね。その焦燥感と合わさったスピード感だけは気持ち良かったですけど。走ってる感じはしましたね。ただ氷の上を走ってるようなもんで、進んでなかったなあって」

——そういう時に、言葉があると自分が対象化できるんだけれども。その時はあまり言葉に向かわなかったの？

「その時は、本ばかり読んでましたね。学校でも授業に出ないで図書館にいるみたいな。精神病理の本とか本多勝一の本とか。そういうちょっと、ドキュメンタリーなものに寄っていった気がしますね。詩の言葉というよりはもっと現象的なものに」

——具体的なサイエンスによって対象化しようとしてたんだね。その時に何かを書こうという欲求はなかったんだ？

「その時はちょろちょろ書いてましたね。

高校時代やっていたバンドはオリジナルがたぶん10曲もないんで、たぶん10個も書いてないんですけど。それなりに書いてた気はします」

――それはどういう歌詞を書いていたの？

「初めはカウンターアクション的な歌詞だったのが、最終的には……自分の中に入ってきた感じがするんですよねぇ。たとえば、《政府が嫌いだー》っていうのではなく。言葉として未熟だったと思うんですけど、今、書いてるものと基本的には似てたかなっていう気はするんですけど」

――当然そうだよね。TOSHI-LOWくんが向き合ってるテーマは、一貫して生きていくことの不安とどう向き合うかっていう、それしかないわけだから。そこでフラットなラブソングや「ファック・ユー！」を歌ったりしてもしようがないわけで。

「そうですね。だから、パンクが『ファック・ユー』であるっていう全体の流れがすごく嫌だった気がするんです。そんな人に文句言ったって、自分が変わんなきゃ変わんねえだろって」

――でもパンクの何かには惹かれたわけじゃない。

「いや、惹かれてました。ていうか今でも取り憑かれてますよ。人生であんなに好きになったものないですもんね」

――何で取り憑かれたの？

「やっぱ、匂いから意志から何から、すべてが好きでしたね。瞬間的な速さから何から、いわゆるパンクから波及したものがほとんど好きでしたね。暴力的な部分ももちろん含めてですけど。暴力そのものが好きってわけじゃないけど、血の気がするというか。ぴったりですよね、パンク。自分がヘヴィーメタルにいかない理由がわかりますもん」

――最初に、一番心動いたパンクってなんだったの？

「えー……普通にピストルズ、クラッシュ、ダムドですね。あとメロディが好きだったのがバズ・コックスとか。それと、僕が東京に出て来た時は、ちょうど言葉を持ってるバンドが増えてきてる時だったと思う。もちろんHi-STANDARDのように英語でガーンていくバンドもいたんですけど、日本語をすごくうまく使ってるバンドもいて。たとえばeastern youthとかWRENCHとか颱風一家とか。ヘヴィーなメロディに日本語を乗っけて、そこに日本語の強さを感じさせるんですね。あと80年代のハードコアバンドが好きで。日本語の重みを出せるバンドはすごいなあと思ってましたね」

――ま、スターリンなんかその典型だよね。

「スターリンは、中学校の時にそれを感じました。僕の中で(萩原)朔太郎と完全に一致しててですね。すごい聴きましたね、あの頃は」

——じゃあ、TOSHI-LOWくんの中でも今挙げてくれたバンドのように、自分の中で言葉が昇華されたり、言葉を強く前面に出したいっていう気持ちがあったんですか？

「まずは、オリジナルでありたいっていうのがありましたね。誰も真似てない言葉を使いたいっていう」

——じゃあ、最初から俺にとっての表現活動っていうのは言葉なんだっていう自覚は、バンドでの表現活動を始めた当初からあったわけ？

「詩人になりたいと思ってたことはないですよ。ただ、思い返せばバンドが始まった時から言葉とは向き合ってましたね。必死になって言葉を書いていましたから。頭が足んないから、辞書を全ページ読んでた気がします(笑)」

——要するに検索をかけていたんだね。自分が探す言葉がどこにあるのかわかんなかったんだね。

「そうなんですよ。なんかほんとに自分が『痛い』って言ってるのはこの痛いっていうのでいいのかなあとか、このニュアンスでいいのかなあとか、ものすごく細かくやってました。バーって書いてこれでいいやっていうのは、これまで一度もないですね。書いて、全部チェックして。で、今度類語を読んで、もっと他にいい意味の言葉があるんじゃないかなって、そういうやり方でしたね」

——それが非常に独特だよね。たとえば、痛いってことを表現するのは「痛い」でいいわけだけど、TOSHI-LOWくんにとってはそうじゃないから必死になって検索をかけるわけで。それは一体TOSHI-LOWくんの中ではどういう行為なんだろうか。

「自分の中の不安や闇のグヨーンとした部分を書きたいというか。つまりその、グヨーンというところが具体的ではないんですよね。ただ、具体的な事例を持ってくれば『あいつにこう言われて、俺はこう言い返したんだ。そして、落ち込んだ』で終わってしまうんですよ。そうはしたくないなあっていうのがあって。もっと自分からしか出ない言葉で書きたいというか。物語を書いてしまうんじゃなく、対象から返ってくるものでもなく、あくまで自分から出る言葉だけで書きたかったんですね」

——要するに、自分の不安を何とか対象化することによって不安という実体と向き合うことができ、解決はできないにしろ、闘う方策が見付けられるんじゃないかっていう、そういう感じなのかな。

「ああ、そうですね。すごく近いですね」

——そしてなにゆえ、その正確さを求め

るのかっていうことなんだよね。つまりはあなたが、ここまで言葉に執着するその動機とは何だろうか。

「言葉があって、概念がある気がするんですよね。それを僕は強く思っていたほうだと思うんで。だから青いものがあって青いっていう言葉があるんじゃなくて、青いっていう言葉があるから青いものがあるわけじゃないですか。ということはやっぱり、先に言葉なんだなあって思って。言葉を見付けてしまったほうが自分の考えてる、『これだ』っていうものに、当てはめられるんじゃないかって。それを簡単に書いてしまったらなんか愛で終わってしまいますけど(笑)。不安な愛で終わってしまう」

——そしてそう簡単に書いてしまったんでは、自分の中の不安や暗黒を対象化できないと。かといって言葉に執着しても不安は大きくなるんだけどね。

「そうですね。確かに書いていても不安は大きくなるんですよ。でも書くのを止めるじゃないですか。そして、その後書けなくなって体調や精神が悪くなるじゃないですか。僕もそういうことが何度かあって。ただ、もう人生終わりにしていいかなあって思った時にも、やっぱり書いたものに救われた気がしたんですよね。『A FORLORN HOPE』の一番初めの詞があるんですけど。あの時は、自分自身、最悪で。もうほんとにバンドも辞めて、人生も辞めようって思ってた時で。手すりにタオルかけて死ねばいいやって思ってて。でも、そこでなんかパッと思い付いたんですよ。どうせ死ぬんだったらもうちょっと懸命に生きるかあって。『懸命』って言葉がハッと浮かんで。畳の部屋で、正座しながら一気に書き上げたんですね」

——その時の言葉はどういう言葉なんですか。

「《私が懸命ならば、すべての誤解を受け止めます》っていう。もし、自分が懸命ならばどうするかなあ？って思って書いたんです。そうか、受けとめればいいんだって。それはもう、辞書を1回も引かないで書いた数少ないやつですね」

——まず日本語が出るんだよね。

「日本語が出ましたね、がっつり」

——そして、その言葉が自分の中で生まれた時に、生きてもいいかなあと。

「そう。自分の中ではそのパートはデカい詞ですね。どれも思い入れはあるんですけど。『A FORLORN HOPE』に関しては特に、暗黒な部分が多かったんで」

——そして暗黒な時期にここで書いた言葉によって死から生へ生還してきたんだよね。

「そうですね。暗黒の底に生があったっていうのは、いかにも皮肉な話ではありますけど。暗黒はどこまでも暗黒だろうと思ってたのが、暗黒も突き詰めると、ぼんやり光があるもんだなあって」
——すごく象徴的なエピソードだよね。要するに言葉が生まれたことによって生きたっていう話なわけじゃない。
「そうですよね」
——つまり、TOSHI-LOWくんにとって言葉っていうのは、ものすごく大きいものなんだけど、逆にいえば、その言葉とは君にとって何なのだろう。
「言葉がなかったらって考えたら、やることないですね。だから言葉がないことってあり得ないんだと思うんですよ。どこかで読んだんですけど、暗黒舞踊をやる人ってすごく言葉を気にするんですね。彼らはたぶん、言葉がないところで動いてるものを言葉に書くから。そのタイトルから意味から全部言葉を大事にするんです。当たり前だろうなあと思って。そういう意味でやっぱり自分にとって言葉は重要ですよね。自分も音楽という言葉じゃないことをやってるから、逆に言葉が大事だなって気がするんです」
——なるほどね。で、今回の詩集を作る過程でTOSHI-LOWくんの創作ノートならぬ、創作紙切れのようなものも見せてもらって。
「魂のスクラップですね(笑)」
——そう、まさにあなたの肉体から剥ぎ取った破片が膨大にあって。これはどういう作業なの?
「僕の場合、象徴的な物事が起きても、何かに変換しない限り詞が書けないんですね。たとえば、目の前で人が死んだとしても、『人が死んだ』っていうだけだったら詩にならないし。それをもうひとつ違う言葉に置き換えることによって自分というものが出てくるという。その第一段階ですね」
——常に自分の中で物語や事件が言葉に変換されていくという作業があるわけ?
「あると思いますね。無理やりやろうとはしてないですけど」
——たとえば、すごくきれいな夕日を見て、何か突き動かされるモノがあると。ただ普通の人だったら沈む夕日の中で自分はこう思って、という詞を書くのだけど、TOSHI-LOWくんの場合はその夕日が別のものへと変換されていくわけだよね。
「変換されるし今の例だと、夕日が当たっている先が気になるんですね。僕は夕日をみてきれいだと思わない。逆に夕日をみると疲れるな、疲れるけどその人間がトボトボ歩いていく後姿に夕日が当たっている情景にものすごく悲しさを感じる。そういう感じですね」
——そうやってTOSHI-LOWくんの中で対象がどんどん変換されて、ひとつの夕日が詞へと変換されていくわけだね。
「そうですね。ある対象があって、その

対象のもうひとつ違う見方があって、そこに言葉が生まれてくる。ひとつひとつ出てくればあとはたくさん出てきますね。数珠繫になって。それと、詞を書いてるといつも思うんですけど、言葉が音楽を愛してるから、言葉が音楽を欲してるからいい詞が生まれてくるんだなと。だから、偉い人が書いた詩を読んでも、いい詩ってやっぱりリズムがいいですよね。宮沢賢治の詩もそうじゃないですか。読んでいてリズムがいいし覚えれるし。だから、いい詩っていうのはやっぱり音楽やリズムを求めてるんだなーっていつも感じてるんですね」

——今までの話を聞くと、結局TOSHI-LOWくんにとって言葉というものはないと生きていけないものだと。

「言葉ありきだと思いますね。言葉がないと思想すら始まらないですからね。でも書いているテーマは一緒だなって気がしますね」

——それは死ぬまで一緒だと思うよ。

「そうですね。もちろん死に対する恐れや不安もありますし……あと自分の無力さですかね。人に何もしてあげられないっていう無力さもありますしね。ファンの子に手紙とかもらうじゃないですか。余計と不安になるんですよ。『頑張れました！』とか言われると」

——「死にたい」っていう手紙も？

「もちろん死にたいって手紙も来ますよ。でも、ああ、正しいなって。『苦しい、苦しい』って手紙が来るほど。その人たちは弱いと思うけど正しいな、って思うんですよね。それも言葉ですからね」

(2004年8月23日　語り下ろし　インタヴュー＝渋谷陽一)

New Tale

答えもまだ　ここになく
言葉もまだ　届かずに

名前も無いこの場所と
代わりのない今日の日と

痛みを越えて　涙を越えて
言葉を越えて　終わりを越えて
君さえ越えて　夢さえ越えて

夢の跡

うつむく顔　遠ざかり　君がいる
いつの間にか　消えていく　影のよう

その時　まだ君の名を　知らなくて
鏡の中　手を振った　影を待つ

遠くで　ほら泣き出した　声響く
振り返れば　笑ってる　傍にいる

当てなく　いつ旅立って行くのだろう
思いのまま　さよならをするのだろう

世界に　ただ　微笑んで　何処へ行く
世界に　ただ　束の間の　夢の跡

gross time ～街の灯～

埋まらないこの距離を連れ添りながら
羽の生えた足跡追いかけ走る人波を他所に

つまらない風景も一人も耐えた
雨ざらしの朝にも　追い風吹かぬ夢萎えた夜も

いつか交わした約束
止まりかけてく足音
動かないこの足と夕闇に
静かに灯った街の灯よ

座り込む道端に置き忘れてた
羽の生えるはずない背中を汲んだ
誰かの後押し

手が届きそうな場面も
そこまで来ては逃げて行く
引きずる一足と夕刻の
足元照らした街の灯よ

pilgrimage

光も影もやがては消え行く
少し身を寄せて微笑んだ君も
叫んでみても遠ざかる
あの日のように

うずく街の灯　風は揺らいで
ままにならない恥をめくった
笑い声に　遠い明日に
耐えきれない傷を数えてた
答え捜し　ただ突き刺した

胸打つ場面も　届いた言葉も
まどろむ間もなくすべては
瞬き消えると誰もが言わずに
叫んでくれよ　今ここで
あの日のように

汚れた希望さえも神の名も

怒り忘れた時はうぬぼれ
生きて死ぬをごまかせずに
遠のく声　脆い明日に
夢も寝返る事を知っていた
苦しみ解く　魔法もないと

解れた神話さえも君の名も

ここまで辿り着いた
君すら忘れて
最後についた嘘
終わりはないと

辿り着いた
君から応えた
最後に聞いた嘘
終わりは…

光も影も夢の跡さえ

インタヴュー②

「3.11以降」を語る

——今回の一連の震災以降の活動のことで電話をもらって基本的に今、TOSHI-LOWは話したいモードにあるというのを僕はすごく感じて。

「まあ開けてますよね。今まで隠してたっていう訳じゃないっすけど。何かバンドをやって生活してることすらうしろめたい部分が俺はすごくあって。何かこう『いいのかな？』と思ってたんすけど。今はすべてを出せるので気が楽というか」

——そうだよね。ある意味、状況がシリアスになったことによって自分が開かれたっていう。見方を変えれば倒錯的な状況なんだけどTOSHI-LOWが自分のミュージシャンとしての正しい有り様というか、自分の場所を見つけた感じ。それが長く見てきた僕としては嬉しいんだけれども。

「日本で数少ない災害対応型のアーティストなので（笑）。っていうか僕、『ミュージシャン』って言葉、今回の災害において大っ嫌いなんですけど。っていうのは『音楽は力を〜』とか嘘くせーし」

——（笑）。

「全然、安全圏で歌ってる人が『届け』とか言って、バカかと。だとしたらギター１本持って行けっていう話で」

——だからやっぱりTOSHI-LOWのリアルだよね。要するに「現実ってこれじゃん」ってTOSHI-LOWは言い続けたけど、やっぱり世間の人が感じている現実はそうではなかった。TOSHI-LOWから見えてた現実はシリアスな現実だったんだけど誰もが気付いてなかった。でもこの震災によって現実っていうのはこういうもんだということに気付いた。

「2000年ぐらいまでは、自分の書いてる歌詞とかにもすごい手紙とかもらったんですよ。その孤独感であったり焦燥感であったりっていうのを強く感じてもらえてて。自分もそこに対してはすごく手応えがあったし。その時はまだ20代で技術なかったけど、何か自分が小学生の時から『死ぬ』って思っていたあの思いが間違ってないんだと思って。だからBRAHMANっていう名前が大きくなったと自分では思っていたんですけど。でも2000年以降、そういう反応がだんだん少なくなって。『明日はない』って思って生きて歌詞を書いてるんだけど、そこに世間の人とギャップが出てきて。自分でも結構『俺が言ってるほうが嘘なんじゃないかな？』っていうか。もしかしたら幸せっていうのは永遠に続いて、科学っていうのはどんどん繁栄して、人間の英知は自然を超えて生きていけるのかもしれないって。何か自分が持ってたものに自信をなくしかけてたし。その証拠に詞がまったく書けなくなって。書けないことはないんですけど『俺のリアルがやっぱり本当はリアルじゃないかもしれない』っていうところにきてて。これはもう筆を折るというかマイクを置くべきなんじゃないか？っていうのが今年の2月です」

——じゃあBRAHMANとしてのバンド活動を終えることを考えてた？

「終わりたくないですよ。もちろんやってたいんですけど。でもそれを続けたら何か自分が惨めになってくるというか。もし子供を養ったり、家庭を存続する為だけに歌を歌うんだったら、もう終わりなんじゃないかな？って。みんなには悪いけどもう俺書ける気もしないし。実際、歌うっていうことに対する情熱も萎んでいくのもわかっていたし」

——かなり危機的な状況にいた訳だよね？　表現者としては。

「世界で一番底辺のほうに俺、いたと思いますよ。60億の順位をつけたら（笑）」

——まあ底辺に行きがちな人だけどね。

「はい」

——今回、震災が起きてTOSHI-LOW自身は親族の方が被災された訳だけど、すぐに何かをしようっていう行動になったの？

「でも初めはもう2日ぐらいはまったく繋がらなかったので。ばあちゃん家に津波入ってるって情報はあるけどばあちゃんがどこにいるかわかんねえし。もしかしたら足も悪いからさらわれたのかな？とか思ってて。でも繋がりだしたら、だんだん少しずつ状況がわかったんだけど。まあだいたいみんな口を揃えて言ったのは『混乱するからTOSHI-LOW来ないでくれ』と」

——（笑）。

「『余計、混乱するから』っていうのはだいたい言われました（笑）。でも何か声のトーンがすごくみんな同じだったんですけど、被災したうちの地元なんかは、いつもより声が高いし元気なんですよ。もちろん元気じゃないすよ。大変だっていうのを悟られたくないのかわざと『いや大丈夫だから、大丈夫だから！』って。もし普段電話したら『ああ、そうか』みたいな人が『全然大丈夫だよ！』って、もう明らかに大丈夫じゃねえんだなっていうのが伝わってくるというか。で、まずは友達の生後1ケ月の赤ちゃんがいたんで迎えに行くという」

——それこそ人助けと無縁なTOSHI-LOWとしては、どっか遠くの誰かを助けるのではなくて具体的に自分の友達であったり家族を助けるっていうリアルで動いたんだよね？

「うん。でも意外に大っぴらにしてないんだけど俺、人助けとか嫌いじゃないんですよ。ただ『名前は聞かないで下さい』みたいな感じが好きなんです（笑）」

——なるほどね。それをオープンにできるようになった。ある意味、心を開いた訳だよね？

「うん。で、それ以降の支援活動はやっぱ自分の力では完全に無理だっていうことがわかったから。やっぱり人の力が必要なので。その時に名前を使うということをまずバンドのみんなに了承を得たっすね。俺はこういうことをバンドですることはすごく嫌いだし。『Save ～』とか何か嘘くせっと思って。『嘘くせえミュージシャン集めて』と思ってたんです。今ももちろん思いは変わってないですけど。自分自身にやっぱり鬼のような偽善があるし。けど、そんな偽善とか善とかを討論してる時間の余地がなかったので。まずとりあえずバンドの了承を得てメンバーが『全然使え』って言ってくれたので、『じゃあ使わしてもらいます』と。『BRAHMANのTOSHIハイフンLOWです』みたいな（笑）」

——（笑）。

「このふざけた名前が」

——そこに踏み切った時の自分の気持ちというのはどうだったの？

「いや、迷いましたよ。自分を問う癖があるじゃないですか？　僕。でも最終的には『まあ、いっか』と思って。『そんなん言ってる場合じゃねえな』って」

——実際に行った被災地の現場——TOSHI-LOWの場合は地元なんだろうけれど、そこの状況はどうだったの？

「その赤ちゃんを迎えに行った時に、北茨城の市役所なんかはもう入り口の扉を開けたらもうビニールシートが敷いてあって、そこにみんなざこ寝してる状態で。で、何か気持ちばかりの『どうぞ、これ食べて下さい』みたいなのを置いて。で、赤ちゃんと嫁さん引き取って車乗せて『よっしゃ』と思ったんですけど、よく考えたらそこに家族全員いるんですよ。その嫁さんのお母さんとか。『一緒に行かないの？』って訊いたら『老人ホームの介護をしてるから、私がいなくなったらあの人たちみんな死ぬ』って言って。で、その嫁さんのお父さんも避難所から他の人の屋根とかを直しに行っていて。それが燃料棒全部出て（福島第一原発の）３号機が朝バーンってなった日だったんすよ。ちょうど俺が行った頃、ボーンってなったんですけど。でも東京の何にもできない感じと被災地の温度が全然違うなと思って。被災地はもう動いてんだと思って。避難所なんかもう無気力だと思ってたら実はそこにすごく高い生命力があって。で、それを目の当たりにしたので。ただまあ現状は悲惨ですよね。で、それで帰って来たら今度いわきのほうから連絡があって。まあボーンってなってしまったから余計ヤバいことになってるって。そうしたら水戸の俺の地元のチームがすぐ動いて。東京でも追随しようと思って」

——だから本当ならば一個人としては友達の嫁さんと子供を連れて東京に帰って来て終わりな訳じゃん？

「一個人としては終わりましたね」

——でもこの悲惨な現実を目の当たりにして自分なりに力になりたいと思って仕事が始まった訳だよね？　その時、自分の中で何か変わったものってあった？

「最初はヒーロー気取りで行ったんですよ。『怖くねえよ、放射能なんか』ってバーッて行って乗せて。でもヒーロー気取りで帰って来るのは、その人たちを見て崩れた訳ですよ。『何だろう、これ？　これ１回やったぐらいじゃ何でもねえな』と思って。で、その次の段階で北茨城の被災地の人たちに『何が足りませんか？』って電話したら『何と何と何と何』って。切ろうとしたら『いつ来てくれますか？』っていう状態だったんで『これはすぐ動かなきゃ』と思って動いて。そこから何ができるかな？ってことを探し出したっすよね、自分から」

——友達助けるまではきっと、従来型の自分の文脈の中でできることだと思うんだよ。

「そうっすね」

——ところが、そこで終わんなかった訳だよね？　人としてはそれだけのことで十分だと思うし。その先たとえ何にもやんなかったとしても非難されるものでもないし。ところがTOSHI-LOWはその先をやろうとした訳だよね？

「はい」

——そこが大きいんだと俺は思うんだよね。BRAHMANも使おうと思った時にTOSHI-LOWは本来の自分を開いたんだよね。

「そうっすね」

——扉を開けてあげたんだね。本当は肯定的なことを語りたい訳だし。肯定的なことを歌いたい訳だし。人の為に役に立ちたい訳だし。でもその前にこの世界ってヤバい訳だからっていうところでずっとTOSHI-LOWは止まってた訳だけども。そこから自分はちゃんと踏み込まなくちゃいけないんだっていう。で、自分の扉を開けた途端に突然、本当のTOSHI-LOWが出てきたんだよね。

「毎日ね、５時に今起きるんだけど。目がパッと覚めるんですよ。で、そこから新しいことを思い付くんですよ。寝る時悶々として『何かどうしようもねえな……』と思ってるんですけど朝パッて目が覚めるんですよ。で、布団の中で２時間ぐらい作戦練るんですよ。『これこうしよ、こうしよ、ああしよ。こっからこういう反論きたらこう返そ』とか。もう全部ひと通りやって。ほんで８時くらいから——まあ迷惑なんですけどいろんな人に電話して『あれこれ、あれこれ、あれこれ』ってやるんですよ」

——そう、俺んとこに電話かかってきたのも早かったよ（笑）。７時半くらいにかかってきたよ。

「たぶんその30分待てなかったんだと思う。でも今までだったら5時に起きて考えたら５時に電話してるんですよ、俺。で、１発目の時に実は俺、電車の中でおじいさんに怒られたんです。支援物資を送んなきゃって思ったのは、歯医者さんでアーンってしてる時に思ったんすよ（笑）。で、電車乗って帰って来る時にもう焦っちゃっていろんな人にメール打って、支援物資集めようと思ってガーってやってたらおじいさんに『おい、ここは携帯いじるとこじゃないんだ』って言われて。俺、全然気付かずにシルバーシートのとこで携帯いじくりまくってて『ここは携帯切るんだ』って言われて。でも一瞬何のことだかわかんなくて。俺は人助けで良いことをしようと思ってたから『いや支援物資が、支援物資が――』って言ってたら『ここはそんなとこじゃないんだ』って言われた瞬間に我に返って。ちょうど子供も連れてて。恥ずかしいじゃないですか？」

――（笑）。

「もう１両みんな俺のこと見てて『ああー』と思って。そっから電話切って、ずっとそのおじいさんの反対側の横に子供とふたりで立ってたんですよ。視線もあるけど『いや、これ逃げたらダメだ』と思って。そこから７駅くらいずーっと自分の家の駅まで立ってて。で、降り際に『ありがとうございました。自分のいろんなことがわかりました』って言って、おじいさん何のこっちゃわかんなかったと思うんですけど――」

――（笑）。

「俺はそこで得たものがあって。『あっ、走る時にいきなりダッシュしたらコケるんだ。これだ！』と思って。もし自分がそういうことやりたいんだったら、一番初めに冷静になんなきゃダメだと思って。それを気付かせてもらったのはすごいありがたくって。それから数時間、布団でモヤモヤ考えるのがスタートするんです、何でも」

――いやあ、おもしろいその話。

「おもしろい？」

――要するにそれがなかったんだよ、TOSHI-LOWって。

「うんうん。激高型でしょ？」

――そうそうそう。

「Twitter向かないもん、俺。大桃美代子みたいになるもん」

――（笑）やっぱり自分の内面のリアルと外のリアルが合致したんだよね。

「うん」

――今までのTOSHI-LOWの、攻撃的で世界に対して否定的っていう内面のリアルの裏側には、本当は世界を肯定したいっていう強い思いがあったんだけど、その肯定したいリアルを支えるものが何もなかった。でもものすごく深刻なリアルがやってきたことによって、それは合致して。本来的な君の肯定的な力が表に今、出て来てるんだよ。だからヒーローとしての役割から、今度はもう恥かいても何でもいいやっていう。「BRAHMANの名前使って、こいつ慈善活動やってら」「あっ、いいよ、いいよ」って。

「本当っすね。その通り」

――だからすごく自分の中でいろんなものが決着ついて気持ち良いでしょ？

「不謹慎ですけどワクワクしてますからね、毎日。生きてる気がするし。何やろうかなとか本当に思うし」

――「俺は俺で信じることをやっているんだよ」って言える。変な言葉だけど「世界をより良くしたい」っていう思いがすごくあったのにどうしていいかわかんなかった自分が「これをやりゃあいいんだ」っていう。そのリアルをものすごく自分の中で獲得できたんだと思うんだよね。

「ちなみに昨日、スーパー堤防のある壊滅した街を、宮古市っていうとこに物資を届けたついでに見に行ったんですけど。みんなちょっとテレビでやらないと『まあ何となく直ってんだろうな』みたいなイメージがあると思うんですけど。まったく何にもそのまんまですよ。グッチャグチャのまんまで。だから不謹慎とか不謹慎じゃないとか、いろんな議論とかあるけど、俺、油もみんな平常になったんだから見りゃいいのにと思って。すごい現状ですから。街1個まるっきりないんすから。俺も一生忘れない光景がもう心にできてしまったので。それが逆に支えになるだろうなと思っているし」

——継続的な活動になるね。

「とにかく俺たちが行ったライヴで1回歌えてパッとやるっていうことではなくて。本当の意味で復興したあとにもう1回歌う日が来るまでは、自分も歌うことを続けたいって今、強く思っているし。今までゴールって何にも見えなかったんですよ。とにかく一生懸命やる、死ぬ気でやるっていうことばっかりステージ上でやってたけど。それがどこに向かってるかっていうのは、いまいち自分が何にもわからなかったことであって。今はもうその具体的な今見えてるゴールはそこにあるので。そこまではやりたいなと思ってますよね」

——震災後、わりとすぐに水戸でライヴやった時どうだったの？

「やっぱやって良かったと思った。何か自粛とか言ってるけどそうじゃないでしょ？　被災してるほうだってどんどん日常に戻っていくし。やっぱ食べ物、飲み物の次は、精神じゃないですか？心強くなるのは歌だと思うし。行ったことないけど、戦争中だって歌はあったっていう話だし。戦後もあっただろうし。だからそこで初めて歌も本当の意味で役に立って。だから物資集めるのなんか、本当は俺がやるべきじゃないというか。自分の一番今持ってるもので復興の支えにならなければ意味がないと思ってるので。まあ歌下手ですけどね（笑）」

——水戸だってめちゃめちゃだった訳じゃない？

「まあ今でも道路ガタガタっすよ」

——茨城でも津波で亡くなった方がいる訳で。実際、茨城のおばあちゃんところも君ん家も津波でやられちゃってる訳じゃん？

「うん」

——で、そういう生々しい被災地で歌を歌うっていうのは、なかなか難しいことで。そこにTOSHI-LOWは迷いはなかったの？

「ないですよ。だって今までやってきたことやればいいんですもん。ここですべてが終わってしまってもいいぐらいの気持ちで歌うっていうことが、ここで活かされるんだって思って。それがダイレクトに伝わるし、ダイレクトに返ってくるから」

——求められている手応えを感じませんでしたか？

「求められてるっていう手応えか？　でも合致してましたよね、やっぱりすごく。求められたのかな？」
——自分という表現者が必要とされているのか？っていう壁にぶち当たっていた訳だけれども水戸のライヴにはそれはなかったんじゃないのかな？
「自分で思う自分の存在意義みたいなことですよね？　うん、感じましたよ。今の段階はこれはこれでいいんだ、こういうことをするんだな、そういう為に生きてるんだなと。客だってリアリティーない訳ですよ、俺の歌詞に関して。まあ何となくわかる、『明日死んじゃうんだから、今日一生懸命生きなさい』みたいな言葉はわかってはいたと思うんすけど。でも今は全員がリアリティーあるじゃないですか？　特に日本の東側は。だから本当に歌ってて伝わってる感じがすごくするというか。何か見えてる風景も一緒だった気がしますよね」
——で、やっぱりより深刻な被災地に向かってライヴをやるって当時、そんなことを考えるミュージシャンあんまりいないんだけども（笑）。
「音楽で生活できることもずっとうしろめたく思ってたし、恵まれてる状況じゃないですか？　ここ十何年バイトもしないで生きて来れたし。恩返しとか言うとまたちょっとリアリティーないんすけど、何かその自分が持ってたうしろめたさみたいなものを返すチャンスでもあるし。変な話、もう1回街に灯が灯るんだったら喉あげるからもう1回直ってよって本当に思ってて。刺し違えてもいいなって思ってるんで」
——言えなかったよね。そういうことね？
「はい」
——（笑）今、何か感慨深かったな、そのひと言。
「本当ですか？」
——だって街がひとつ復興するなら、俺は自分の声を失ってもいいって、そんなことずーっと思ってたけど言えなかった人じゃない？
「そうっすね。まあでもあの平和の中で言ったら『何言ってるんだろ？』と思われただろうし（笑）。でも俺のリアルはもうこれで別にそこに嘘はないし。思いはそれ以上でもそれ以下でもないというか。何かそんぐらいしてもらったんだと思うんですよ。沿岸部とかに俺たちのＣＤ何枚あったかなとか思えば全然それで何か余るとは思わないっすね」
——でも、もともとそういう人だって俺に限らずファンなら誰でも知ってる訳だけども。
「そうっすかねえ？」
——そりゃそうだよ。だって絶望って希望があるから絶望するんでさ。
「ああー」
——はなから希望がなければニヒルになってるだけな訳でさ。
「そうなんですよね。一筋はずっと考えていたとは思うんすよね、自分でもそういう希望っちゅうのは。ただみんなが『希望』って言ってる中で、『希望』って言えないんすよ俺、性格が腐ってるから（笑）」
——というかやっぱり、みんなの希望を希望だと思えなかったんだよね。
「そうなんですよね、嘘だと。嘘っていうか——まあ結果、嘘だったんですよ、やっぱり。豊かな生活が延々続くと思っていても一瞬で終わるっていうのが現実だったっていう話で。だから『愛』とか『平和』とか言ってるミュージシャン何にもしないじゃないですか？　まあ何かしてますけど、あとからノコノコ来て。でも1回だけ許します。3月中に西のほうで自粛した奴も1回だけ許します。全員でやんないと復興しないんで。これ以上別に敵作ろうとは思ってないので。その人たちにもお願いしたい。でもできることを少しやりましょうじゃダメです。できることをできるだけやってもらわなければ何の復興もしないです。遅くなるだけです」
——じゃあいわゆる、被災地の方にメッセージをとか、そういう有り様に対してはTOSHI-LOWはずーっと苛立っていた訳だ？「みんなに希望を持って欲しいです」とか——。
「だからまたこの期に及んで嘘つくの？って思うんすよ。どうやってそれ見んだよ？って。ふざけんなと思って。まだ停電してるって。『何考えてやってんだろう？　この人たち』と思ってイライラしながらもテレビ見てて。もうテレビ見なくなっちゃったよ、そのうち。本当に東京から放射能怖くて逃げてったミュージシャンやら何やら、もう二度と帰って来なくていいって思ってたっすよ。どうぞどうぞ、世界が半分に割れて、そっち側行って下さいって思って。俺はこっちに残るし。瓦礫の中で暮らしてる方々に寄り添いたいからそっちに逃げて下さいって思ってたんですけど。でも1回だけ許さないと——」
——（笑）。
「数は多いほうがいいし。募金だって多いほうがいいし。ただこの期に及んで嘘言わねえでもらいてえなって思う。『永遠だぜ』とか『平和』とか。そんなの歌おうが歌うまいが受け取る人がどう思うかだから。別にいいんですけど。でも今まで無条件に売れてるポップスみたいなとこの歌詞が『ああ、もう信じらんねえわ』っていう人は増えると思うんで、どっちにしろ。そういうのを歌ってた人たちが震災後すぐどこに行ったかとかでもう化けの皮が剥がれたっすよね。化けの皮なんすよ、やっぱり。みんな化けの皮被って生きてて。それが剥がれたっていうか、俺の化けの皮は悪いほうだったから（笑）」
——（笑）。
「良いのが出てきちゃったみたいな」
——そうだね、まさにそうなんだよ。
「まあ本当に平和な時は悪いキャラとかのほうが楽ですから。何か俺はまあそれで自分守れたから。で、今は別にそうする必要もないし。かといって善人ではないですから。近寄らないで下さい（笑）。善人だと思ってペタペタペタペタやったらゴンッて本当にいくんで（笑）」
——何で殴んなくちゃいけないんだ、本当に（笑）。

「腹立つ奴いるんすもん、だって。よく我慢できんなと思いますよ、みんな。イライラしますよ」
——でも今まで以上にエモーショナルなメロディでエモーショナルな歌詞が書けるような気がする。
「だから一番もしかしたら救われてんのは自分だし。一番復興すべきはまず自分だと思っていて。自分を復興して、そして人の復興の手助けをするって今、強い意志があるので。自分のまだまだ弱い部分であったり、情けない部分はどんどんどんどん直していって。で、やっぱ人の役に立ちたいなって思ってるんで。本当はもともと失うもん何もなかったはずなんですよ。なのにいつのまにかいろんなものを背負ってて。もしかしたらもう１回全部捨てて、どっかひとり旅に行ったほうがいいんじゃねえか？ぐらいに思っていて。けど今、背負っちゃったものが全部役に立っていて。子供がいて奥さんがいて、もちろんその為に頑張れるし。倉庫みたいなうちの事務所があるから支援物資も集めやすかったし。ほうれん草も配りやすかったし。残ってくれた仲間は何にも怖がんないで先頭切って行ってくれるし。だから何ひとつ重荷じゃなかった。それを危うく捨てかけてた」
——だから成長したし、良い意味で大人になったよね。
「今、次期社長みたいな誘い？」
——いいよ。ロッキング・オンの社長は５秒後でも俺は変わりたいんだから。
「ははははは。ただ強権は発動しますけど、俺」
——いいよ、何でもしてくれ。
「まず東大卒の人は腕立てから始まるっていう」
——意外と東大の奴は体力あったりするのよ。
「まあ知恵ないとダメですもん、やっぱ。でも俺、職人とか自衛隊ってどっか心の中で小バカにしてて。でも本当に現地で見たら一番初めに行ったのはもうトラックの運ちゃんだし、鳶の人とかだし。一生懸命やってるのは自衛隊だし。本当に価値観が全部変わりました」
——ハードコアの体力のある連中も行ったんだって言ってたよね？
「そう。ハードコアも早かったっすよ。髪の毛赤いモヒカンみたいな奴がガンガン行って。あと話に聞いたのはやっぱ、アメ車のチームとか、ハーレー乗りの人とかはやっぱ全国に繋がりあるじゃないですか？　そういう人たちがもう一番初めに、もう高速使えない段階から仙台のほうにバーッて行ったりとか。そういう普段、街の厄介者みたいな人たちがガンガン行ってるのもリアルタイムで聞いてたので。何か自分がそっちに近いところにいるのも間違ってなかったなと思うし」
——あとは当たり前でつまんない結論かもしれないけども、やっぱりTOSHI-LOWがやるべきは、やっぱり良い曲を書いて、良い歌を歌うっていう、最終的にそれだと思うよね。
「何をもって良い曲か？っていうのも自分の中で形にはなってないけど今はすごくわかり得るというか。それはたぶん俺が今まで持ってたものと全然変わらなくて。やっぱり自分の中の現実をどんどん歌っていくっていうことでいいんだと思うし。それをやっぱ続けていきたいというか」

——それに確信を得たんだよね？

「確信どころの騒ぎじゃないですよね。だからすべてのものがそれをしろと言ってるように動いてる」

——まあ昔から言ってたんだけどね。

「そうなんすよね」

——要するに現実が「おまえちゃんとしろや」って、「ちゃんと歌えや」と、「ちゃんと生きろや」って言ってくれた訳ですよ。

「本当にそうです。俺、バンドって何で始めたのかな？と思ったら、かっこよくなりたかったんですよね。強くてかっこよくなりたかったんですよ！ 15の頃思い出してて。水戸に限ってなのかよくわかんないけど、とにかく水戸のバンドマンはヤンキーとの喧嘩ができたし。当時は何かガサガサやってると、すぐチンピラとか乗り込んで来たんすよ、ライヴ中に。俺は一番初め15ぐらいだったからアタフタしてたら２個上ぐらいの高３がチンピラとやり合う訳ですよ。ぶん殴られたりしてもああだ、こうだ言って収めて帰すっていうんで。『何てバンドマンって強くてかっこいいんだろう』って思ってたから。『俺はこういうふうになりてえんだ』ってやっぱり思っていて。バンドマンになりたいし、何か人間になりたいというか。本当にそれを思い出したというか。『俺、何になりたかったんだろう？』っていうのがここ何年かわかったよね。まあ考えたこともなかったから」

——で、ミュージシャンとかアーティストっていう言葉が嫌なんだ？

「嫌なの。だからバンドマンでいいの。いちバンドマン。バンドマンってダサイでしょ？　でもバンドマンになりたい。バンドマン強いんだよ、何か。いつの間にかバンドってそうじゃなくって１個の職業に成り下がってしまって。挙げ句の果てには『事務所が言うんでできません』とか言うバカがいるじゃないですか？　何だそれ？って」

——ああ、自粛期間で？

「はい。何の為に自粛してるかって自分の考えがない訳じゃないですか？　じゃあ『違う』って言うんだったら辞表出せばいいじゃないですか？　『やります』って言って。『契約違反だ』って言われたら、『違反で結構です』ってやればいいじゃないですか？　何でそれをしないんだろう？と思って。だからやっぱり職業としてのバンド。自分の生きる為の表現ではなくて、ただのギター弾き、ただの歌うたいになってしまったから、やっぱもどかしさは感じてたし。そこのグループと一緒にされるんだったらもう辞めたほうがいいのかな？って。潮時かなっていうのがあった訳ですよ」

——だから本当にチャリティーをやるとかやらないとか。あるいは支援活動をするとかしないとか。あるいはそれこそ放射能から逃げちゃったとか東京に留まったとか、いろんなことがあるけれども、そういうことはそれぞれのテーマかもしれないけれどやっぱり基本的に表現者は、特にロックミュージシャンはいろんなことを踏まえて「愛」とか「平和」とか「自由」って言葉を自分はどう歌うのか？っていう。そこにやっぱりみんな向き合わざるを得ないよね？

「うんうんうん」

――俺は本当に「愛」を歌うのか？　「自由」を歌うのか？　「平和」を歌うのか？っていう。ようやく確信を持って「俺はだから歌うんだ」っていうモードに今、TOSHI-LOWはいるよね？

「なってますね。ほんで嘘っぱちの歌はマジ叩き潰しますって思ってるけど。俺はだから渋谷さんの言う『ロック』は好きだけど、いわゆる一般に言われる『ロック』って言われてるものは大嫌いで。成り下がっちゃったじゃないですか？　ただの激しい音楽に成り下がっちゃったから。自分の魂の声を伝えるもんでも、反逆を伝えるもんでもなくなっちゃったから」

――ただでさえ強いのに、まあ何と最強モードに入ってるよね（笑）。

「いやいやいやいや。まだまだ勉強しなきゃいけないことがいっぱいあるような気がしますよ。弱いとこもあるけど。でも何か今までのグズグズしてた部分がなくなったので。東京も薄暗くて心地良くて。ずっと何かイライラしてたんすよ。もう電気もったいねえなと思ってたし。教育とかもね、一番初め子供も暗くなるじゃないですか？　だけどそういう活動をしてる傍らにずっと置いといたんですよ。保育園も閉まっちゃったし。そしたらみるみる元気になって。お菓子をこないだ集めたんだけど、段ボールの山のお菓子をずーっと我慢してる訳。地獄だろうなと思って。自分で買った『カプリコ』が事務所に置いてあって。『食べていい？』って言うから『でもそれももしかしてあげたら為になんだよ』って言ったらこっそり食べてました（笑）」

――（笑）良い子だよ。

「でも、そしたらもう本当にどんどん元気になっちゃって。今、何かもう『俺が助けるから』みたいな感じになってて。もし子供を連れて買い占めをしたとすれば間違った教育っすよね。俺、うちの周りのスーパーでリアルに見てたから。１家族１本までみたいなやつもじいちゃんと孫が２本抱えて、『１家族１本なんで』って言われたら『家族じゃないです』って言う訳よ。したら『おじいちゃーん』って言って（笑）。あれどう思うんだろう？と思って。俺、一生忘れないと思うの、そういうの。だから人間としてもすごく問われたから。結構ね、何かショックだったのはじいさんがダメだった。俺は何か戦争を知ってる世代だからもっとキリッとしてくれてると思ったら『何でもいいから買っとけ』とか言って激辛のカップラーメンとかも（笑）。絶対あなた食えないからって思うんだけど（笑）。だからそれもすごく反面教師で、今じゃあこの有事の際に自分たちが次の代に伝えることも明確に見えてきたというか。俺が次の世代って言っちゃうのもなんだけど（笑）」

――（笑）でも本当に最終的には何をどう歌うかだから。

「もちろん」

――これでつまんねえアルバム作ってたらもうすべて発言がリアルじゃなくなるから。これだけ言ったんだからすごいアルバム作ってくんなくちゃ。

「そうっすね」

（2011年４月６日『ロッキング・オンJAPAN』掲載記事に割愛部分を加筆　インタヴュー＝渋谷陽一）

賽の河原

叫んで揺れた仙境に潜む
限りない憎悪
耐えて耐えた犠牲の裏
形ない業

世界の沈む姿を見つめる
一切の空
一つ二つ三つ四つ数えて受ける
無限の罰

砕けた自儘の死を告げる
毎に積み出す始めから
えぐれた爪痕胸に
再び　ここに立つ

現今刻む
困難さえ
根も葉もない
絵空事

裏切る常に
裏切る言葉
裏切る自身
裏切らず

重ねた回向の塔崩す
ねだる梢と賽の河原
揺るいだ決意はどこに
揺れて　ここに立つ

最終章

抱えた両手の中の
慰めの嘘ばかり
数えては行き詰まる
ずる賢い過去も背に

未だ見ぬ世界の果てに
一片の現実を
投げ出した劇の途中
終えるには早すぎた

偶然の呼び覚ました
運命を眺めてやって

探した答えに揺れる
痩せ枯れた顔見えず
すれ違い手放した
鈴生りの夢模様

あざとい心を隠し
こじれたこの手を取って
もう一度旅に出よう
二度とはもう戻らない

最終の章をあけた
後悔を叩き割って
解けて　解ける
走り去って行く前に

偶然の踏み外した
運命を掴み取って
最終の地に向かう
後悔を共に連れて

偶然の運命よ
走り去って行く前に

霹靂

ほんの小さく声を張り
ここはどこかと尋ねてた
言うに耐えない結末は
晴れたこの日も奪うよう

息も静かに横たえて
届く視線を交わすように
いずれ世界の幕おりる
今日も手前と笑い出す

永劫　過去も　その先の
泉に写る水のよう
細波砕けて君も逝く

当たり前に浮かんで
当たり前に消えてく

水に浮かんだ笹の舟
波に溶けてく砂の城
すくい出せない掌の
次もおそらくその中で

霞む中で誰もが
風に跡を託して

さあ

わずか残す
わずか注げ

当たり前に
夜は明けて

あとがき

詩という思考と言語の交差する深奥で極小な表現の場を、そしてそれらを集めた怜悧に響く詩集という言葉を聴いて「Toshi-low…ついに狂ったか…」と心配された方も多かったと思いますが、己の未熟と文学的でない全体像は自らが誰よりも一番了解しておりますので、失笑や苦笑しながら安心してレジへお進みください。

詩を書くという事は己の全てを見つめる事でした。
強いメッセージを吐き出せば、弱く中途半端な己を知り。
他人への批判を織り交ぜれば、同列またはそれ以下である己を知り。
気を利かせた言葉を探せば、あざとくきな臭い己を知り。
特別な言い回しを作れば、お粗末で低質な己を知り。
新しい詩を制作するたびに驚くほど幼稚で無能な己を知り。
そして
一つ書き上がれば以上の事を忘れてのぼせて己惚れます。(1日半ほど)
そしてまた…

制作しほぼ出来かけていたこの本を何故か出したくなくなった。
己の浅知恵に、下手糞に、愚の骨頂に、今更気付いた事は置いておいても、
ただただ、何故か
「今がその時でない」気がしてた。

あれから7年

相変わらず今ひとつな己も出来損ないな己も変わりはしないが
「今がその時」な気がした。

そんな気まぐれに惑わされながら
連絡の取れない著者に困り果ててた　松村
大変な引き継ぎを引き受けてくれた　徳山
新しい息吹を吹き込んでくれた　古河
放浪息子を再度受け入れてくれた　渋谷の父さん

ありがとう

本書作者印税の全額を
東日本大震災における復興支援及び震災孤児へ捧げます

二〇十一年八月十三日（御盆　早々と逝きすぎた仲間達を想いながら）
TOSHI-LOW

FOR ONE'S LIFE	BRAHMAN『A FORLORN HOPE』(2001年)
SHOW	BRAHMAN『THE MIDDLE WAY』(2004年)
ARTMAN	BRAHMAN『grope our way』(1996年)
BEYOND THE MOUNTAIN	BRAHMAN『grope our way』(1996年)
ROOTS OF TREE	BRAHMAN『WAIT AND WAIT』(1997年)
THERE'S NO SHORTER WAY IN THIS LIFE	BRAHMAN『A MAN OF THE WORLD』(1998年)
ANSWER FOR…	BRAHMAN『A MAN OF THE WORLD』(1998年)
TONGFARR	BRAHMAN『A MAN OF THE WORLD』(1998年)
SEE OFF	BRAHMAN『A MAN OF THE WORLD』(1998年)
時の鐘	BRAHMAN『A MAN OF THE WORLD』(1998年)
BASIS	BRAHMAN『A FORLORN HOPE』(2001年)
LAST WAR	BRAHMAN『A FORLORN HOPE』(2001年)
DEEP	BRAHMAN『A FORLORN HOPE』(2001年)
ARRIVAL TIME	BRAHMAN『A FORLORN HOPE』(2001年)
THE VOID	BRAHMAN『THE MIDDLE WAY』(2004年)
A WHITE DEEP MORNING	BRAHMAN『THE MIDDLE WAY』(2004年)
FAR FROM...	BRAHMAN『THE MIDDLE WAY』(2004年)
(a piece of) BLUE MOON	BRAHMAN『THE MIDDLE WAY』(2004年)
Speculation	BRAHMAN『ANTINOMY』(2008年)
Causation	BRAHMAN『ANTINOMY』(2008年)
逆光	BRAHMAN『ANTINOMY』(2008年)
Fibs in the hand	BRAHMAN『ANTINOMY』(2008年)
Kamuy-pirma	BRAHMAN『ANTINOMY』(2008年)
New Tale	OVERGROUND ACOUSTIC UNDERGROUND『New Acoustic Tale』(2009年)
夢の跡	OVERGROUND ACOUSTIC UNDERGROUND『夢の跡』(2011年)
gross time～街の灯～	OVERGROUND ACOUSTIC UNDERGROUND『夢の跡』(2011年)
pilgrimage	OVERGROUND ACOUSTIC UNDERGROUND『夢の跡』(2011年)
賽の河原	BRAHMAN『霹靂』(2011年)
最終章	BRAHMAN『霹靂』(2011年)
霹靂	BRAHMAN『霹靂』(2011年)

編集・インタヴュー＝渋谷陽一

編集＝古河晋

編集補助＝中村萌

編集協力＝森田美喜子

装丁･デザイン＝村岡亜希子

撮影＝三吉ツカサ、富永よしえ（P31、P66-69、P113のみ）

協力＝ BRAHMAN OVERGROUND ACOUSTIC UNDERGROUND tactics RECORDS NOFRAMES TOY'S FACTORY

象牙の塔――TOSHI-LOW詩集

2011年9月7日　初版発行

発行者＝渋谷陽一

発行所＝株式会社ロッキング・オン

〒150-8569 東京都渋谷区桜丘町20-1

渋谷インフォスタワー19F

電話＝03-5458-3031

http://www.rock-net.jp

印刷所＝大日本印刷株式会社

ISBN 978-4-86052-102-8 C0073

¥1600E